Este libro está inspirado en hechos reales.

Durante el confinamiento debido a la Covid-19,
la burrita Baldomera no pudo ver a su amigo Ismael.

Cuando por fin pudieron reencontrarse, se produjo
una emotiva situación cuyo vídeo se hizo viral en todo el mundo.

Las lágrimas de la burrita Baldomera
han conmovido a más de cincuenta millones de personas.

Gracias, Ismael y Baldomera, por compartir la historia de vuestra amistad.

—¿Ba argo?
—Vea usted... Mariposas blancas...

Juan Ramón Jiménez, *Platero y yo*

A mi hijo Álvar, para que nunca tenga que esperarme.
Enrique García Ballesteros

A mis abuelos y abuelas, por haberme enseñado
a amar el campo y a los animales.
Ismael Fernández Arias

Para Álvaro, con todo mi cariño.
Ayesha L. Rubio

*La editorial NubeOcho y los autores agradecen especialmente
al abogado y comunicador Javier García León
la ayuda prestada para que este libro se hiciera posible.*

La burrita Baldomera
Colección Somos8

© texto: Enrique García Ballesteros & Ismael Fernández Arias, 2020
© ilustraciones: Ayesha L. Rubio, 2020
© edición: NubeOcho, 2020
www.nubeocho.com · info@nubeocho.com

Primera edición: septiembre 2020
ISBN: 978-84-18133-68-8
Depósito Legal: M-22846-2020

Impreso en Portugal.

LA BURRITA BALDOMERA

Enrique G. Ballesteros & Ismael F. Arias

Ilustrado por
Ayesha L. Rubio

nubeOCHO

La burrita Baldomera llevaba una vida tranquila,
pero un poco aburrida.

Paseaba por el campo, contemplaba la playa desde el monte, espantaba moscas con el rabo y volvía a la granja a dormir.

Un buen día, Baldomera conoció a Ismael.

Con Ismael hacía más o menos lo mismo que antes, pero ya no resultaba aburrido, porque ahora tenía un amigo.

Cuando miraban juntos la playa desde el monte,
la burrita Baldomera e Ismael se miraban con complicidad.
Sabían que estaban compartiendo un hermoso momento
de paz y tranquilidad.

Cuando la luna asomaba, volvían a la granja a cenar,
se abrazaban y se daban las buenas noches.

A veces, Ismael se iba uno o dos días a trabajar, pero cuando volvía, abrazaba aún más fuerte a Baldomera.

Cada vez que Ismael regresaba, ella sentía como si una nube de mariposas juguetonas la envolviera.

Sin embargo, una mañana, Ismael se fue y no volvió.

Pasó un día y otro día y otro día...
Luego una semana y otra semana y otra semana...

Y Baldomera, cada vez más triste e inquieta, esperaba a Ismael.
Se sentía sola y no entendía por qué su amigo no venía a verla.

La burrita estaba preocupada, pero sabía que Ismael nunca la abandonaría si no fuera por algo grave.

Baldomera pensaba en las cosas que podrían haberle ocurrido a su amigo...

Quizás Ismael estaba atrapado en uno de los tremendos atascos que solía ver en la carretera y que tanto afeaban el paisaje y contaminaban el medioambiente. Pero después, Baldomera se daba cuenta de que hacía tiempo que no había atascos, casi desde que Ismael desapareció.

La burrita se imaginaba a Ismael flotando a la deriva en un cascote de hielo porque se habían calentado los polos y se había deshecho un glaciar. Pero ya tendría que haberlo rescatado un helicóptero, porque habían pasado muchos días.

Baldomera también imaginaba que quizás habrían llevado a Ismael a un hospital, enfermo por las nubes de humo negro que salen de las fábricas. Pero en realidad, hacía tiempo que esas fábricas no soltaban humo.

Baldomera no quería pensar en que hubiera ocurrido algo peor.

Pero, ¿y si Ismael estaba bien pero se había olvidado de ella?
¿Y si se había cansado de ir al campo a verla y tenía otros
amigos con los que jugar?

A Baldomera le pudo la tristeza y, después de algunos meses, cuando estaba a punto de no hacerse más preguntas, a lo lejos vio que se acercaba una persona.

¿Quién sería después de tanto tiempo?

¡Era Ismael!

«Ismael, amigo mío, ¡has vuelto!», pensó Baldomera
mientras corría a su encuentro.

—¿Dónde está mi burrilla? —Ismael la abrazó—. ¿Cómo estás?

—Hiiiiiiii... Hiiii ha, hiiii haaaa —lloraba la burrita.

—Te he echado mucho de menos, Baldomera. Pero ya estoy aquí. Perdóname, no pude venir antes.

Baldomera siguió llorando de la emoción. Ismael estaba bien y
no se había olvidado de ella. Ahora estaban juntos de nuevo,
y seguirían siendo los mejores amigos del mundo.